Hornemann/Zimmer/Lurelei

ns Hornemann
Bernd Zimmer

Lurelei / Der hinter= listige Fels

Drei Kugeln Eleganz
und Präzision verleihend
Ruht, auf 27 Grad erwärmt,
Unendlich fein geschliffen,
Und unter weichem, grünen Tuch
geheimnisvoll verborgen,
Das Herz des Billard-Tischs:
die Schieferplatte.

(Volkslied aus Ligurien)

Rapallo

Schiefer aus Valle Fontana Buona (Ligurien)

September 1987

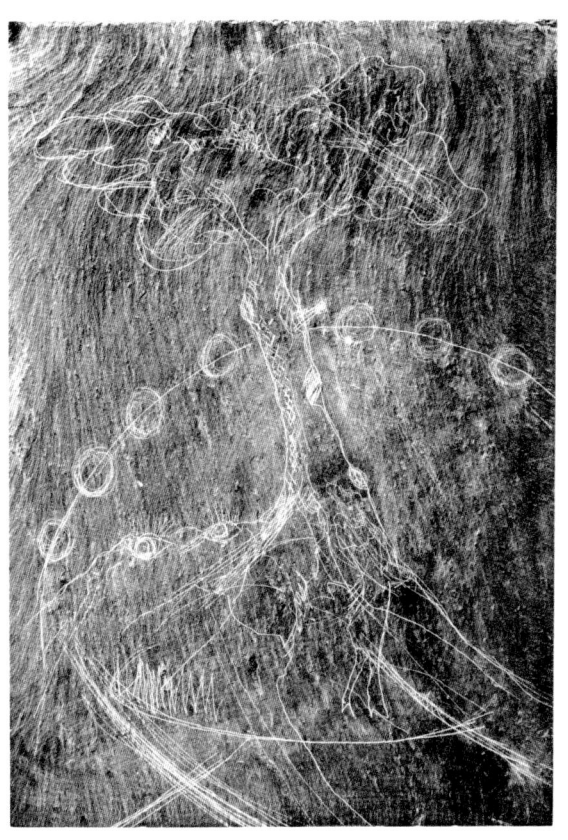

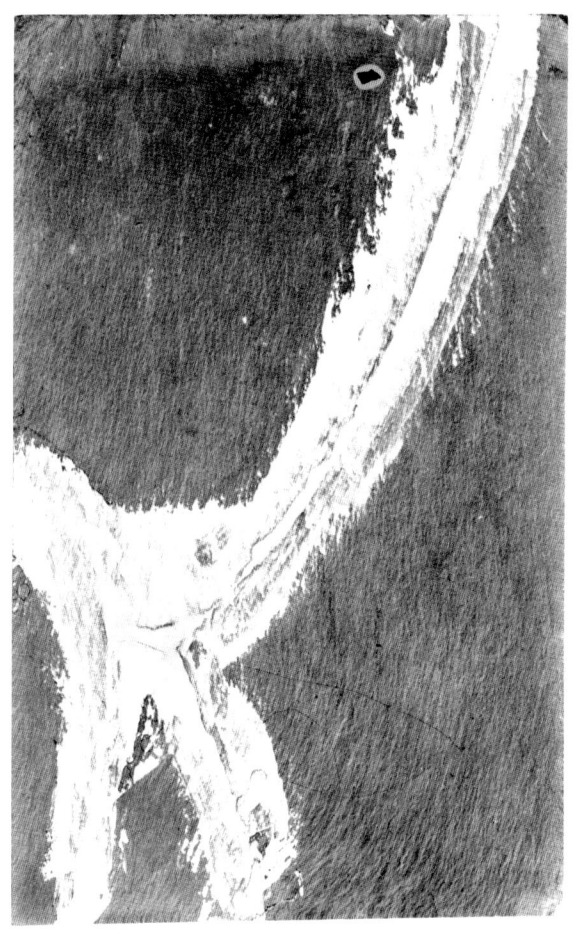

Polling

Mosel-Schiefer
Thüringer Schiefer

Januar 1988

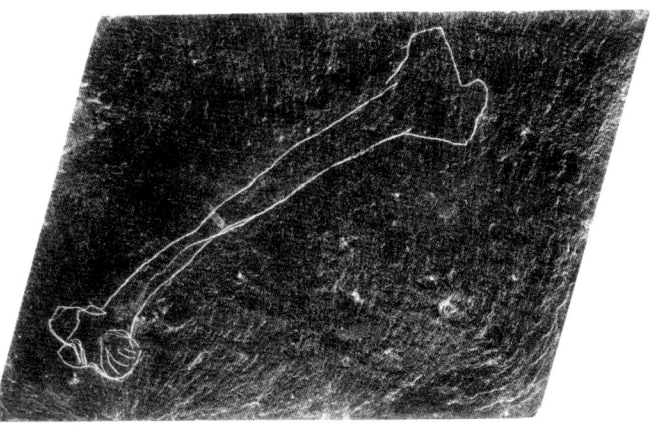

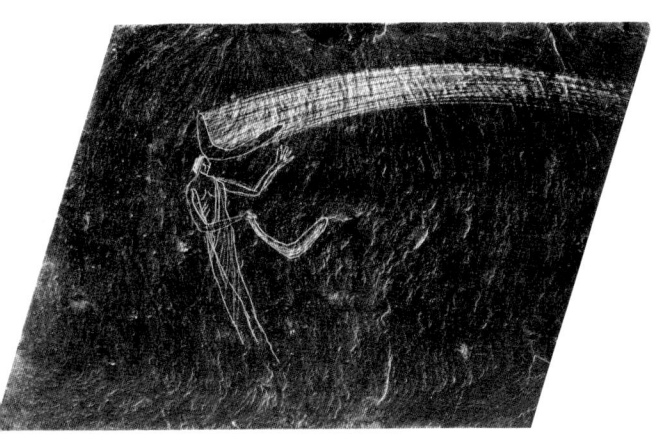

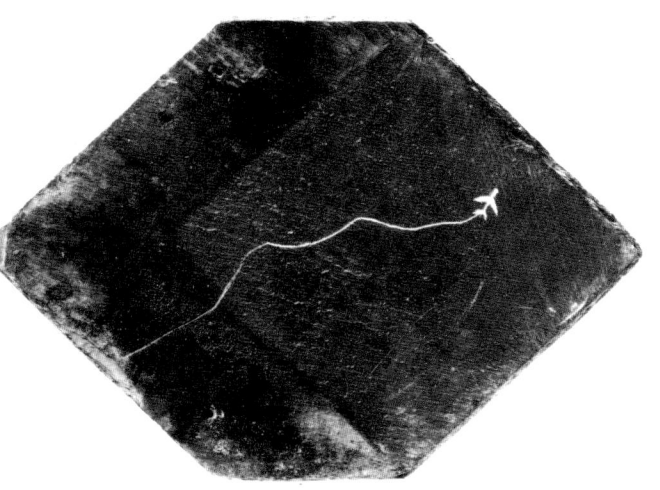

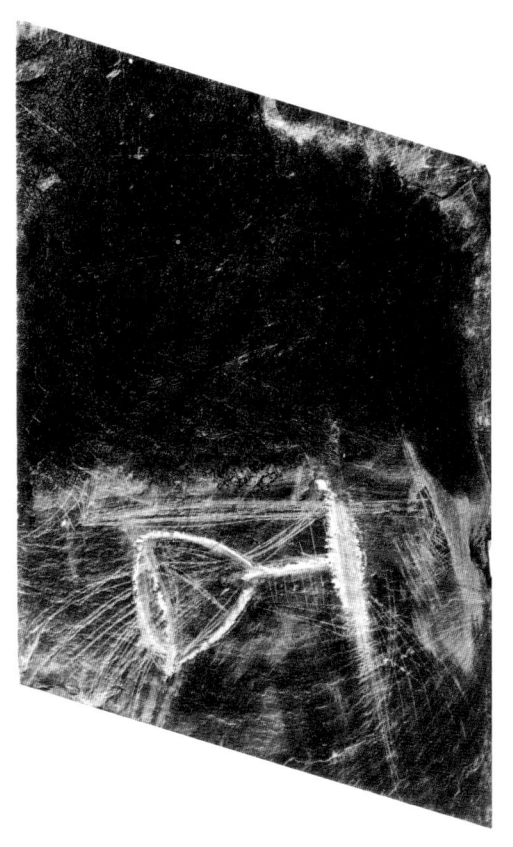

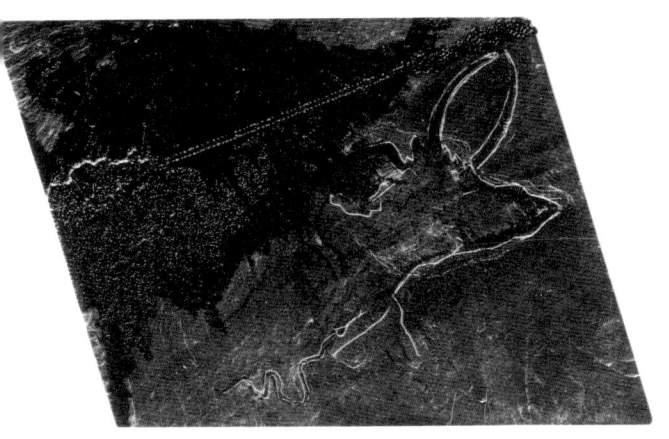

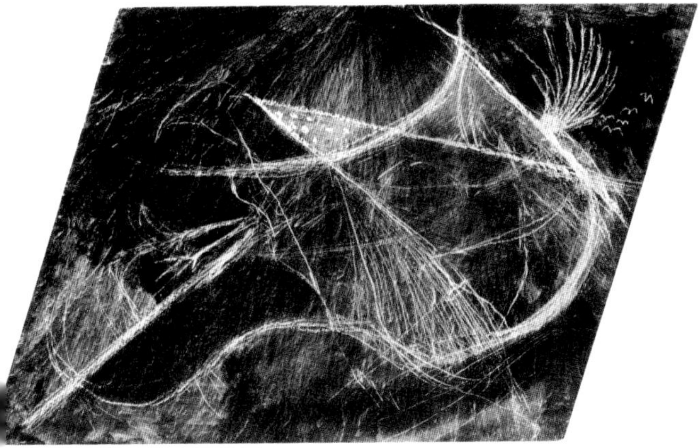

14

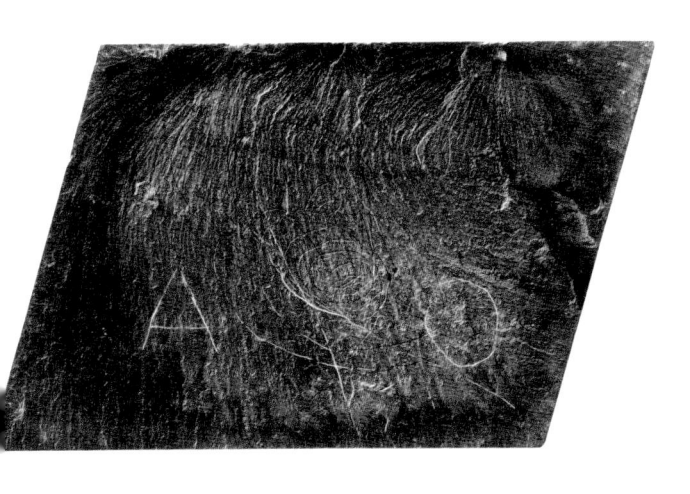

15

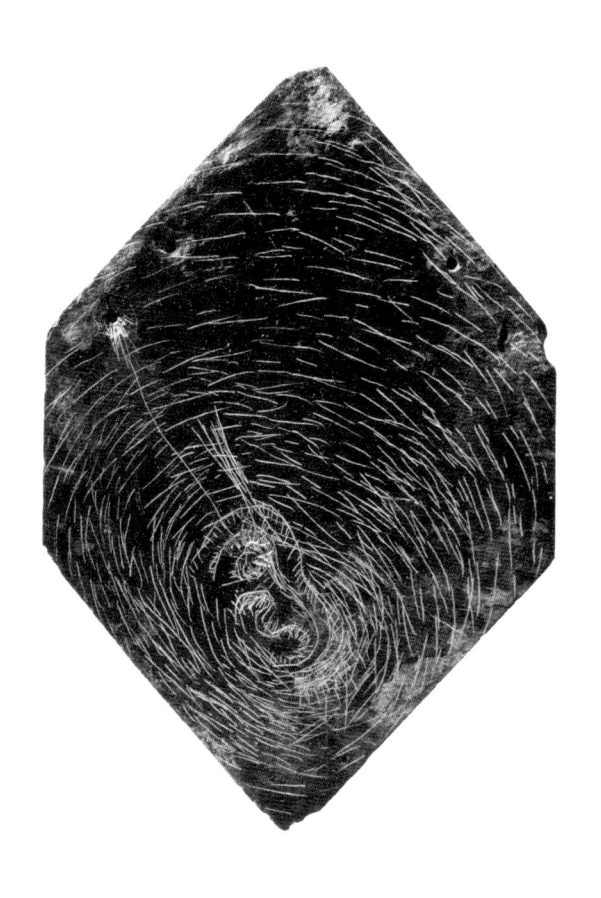

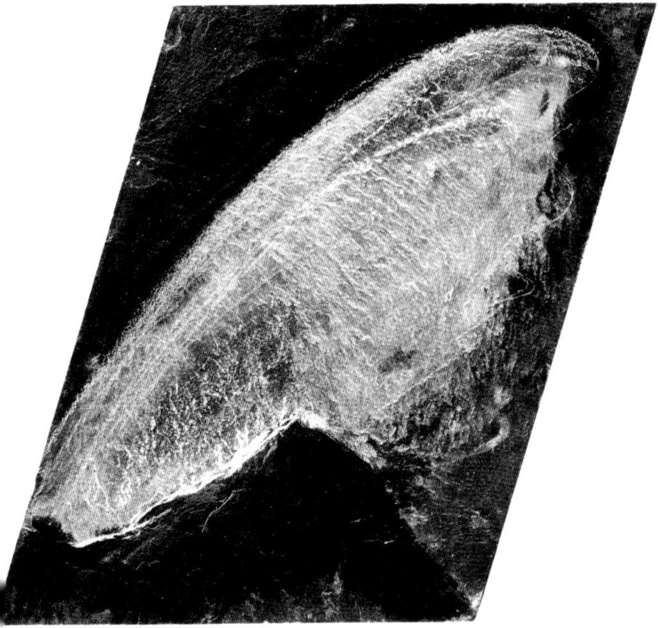

Berlin

Sauerländischer Schiefer

Februar 1988

17

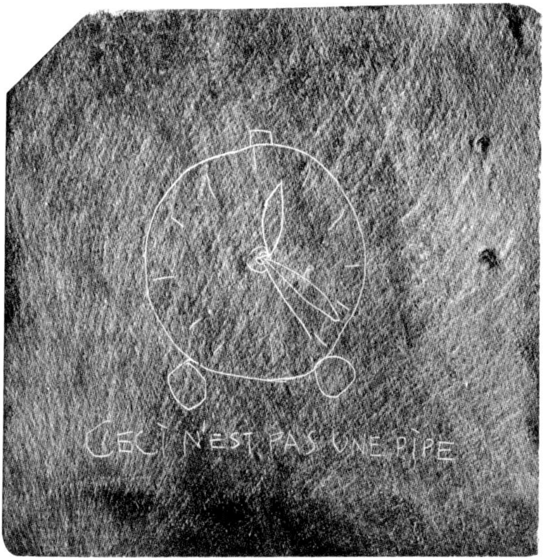
CECI N'EST PAS UNE PIPE

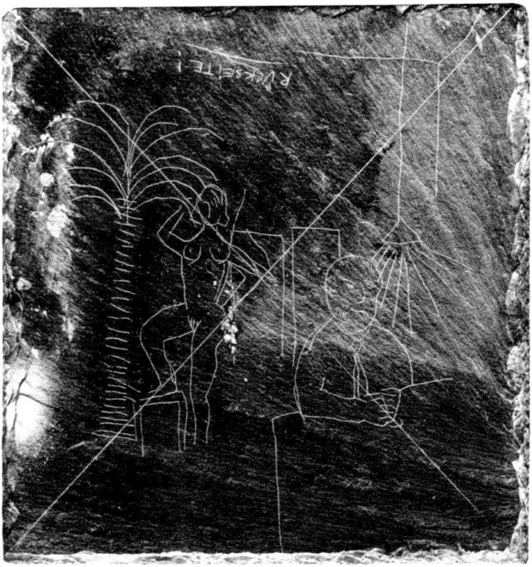
RÜCKSEITE !

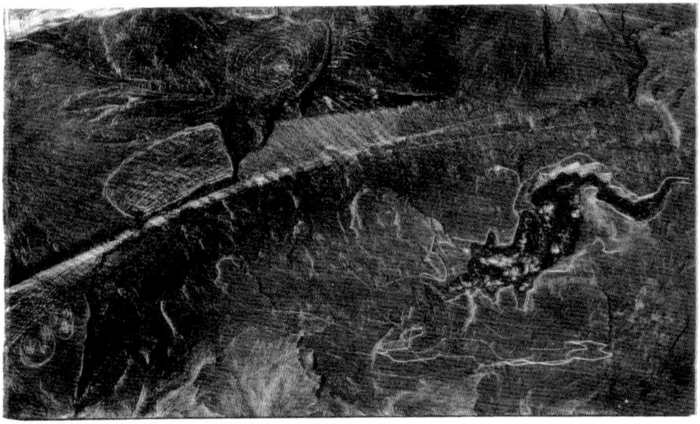

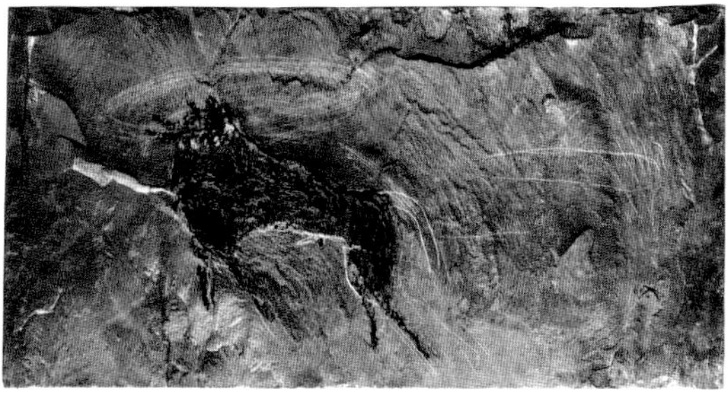

22

23

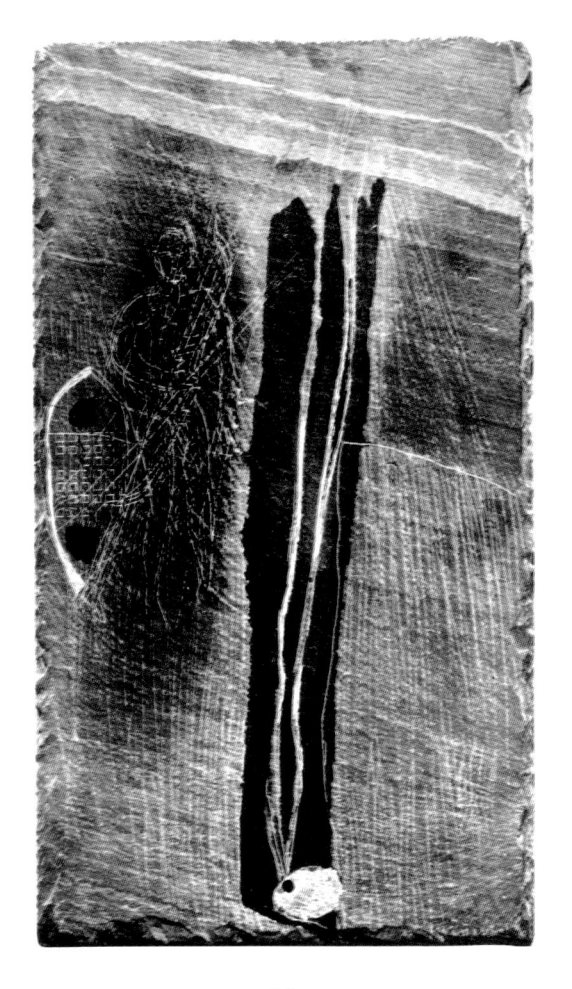

24

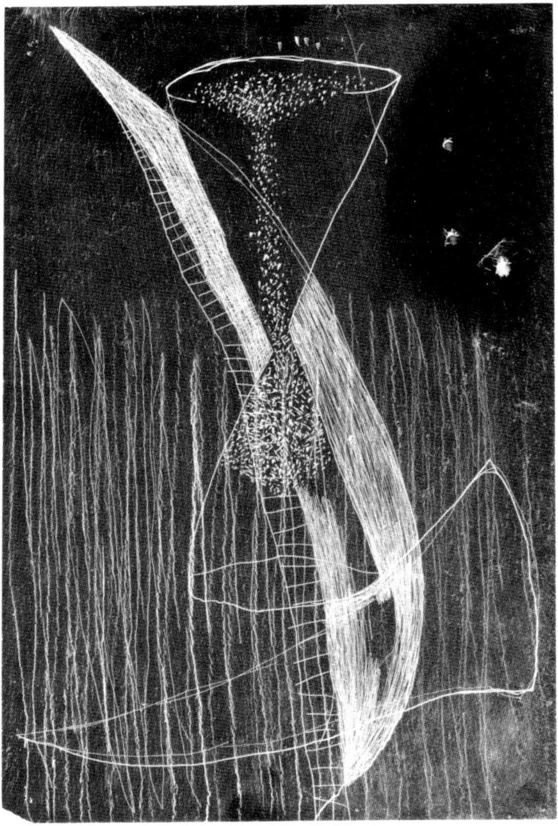

Rapallo

Schiefer aus Valle Fontana Buona (Ligurien)

April 1988

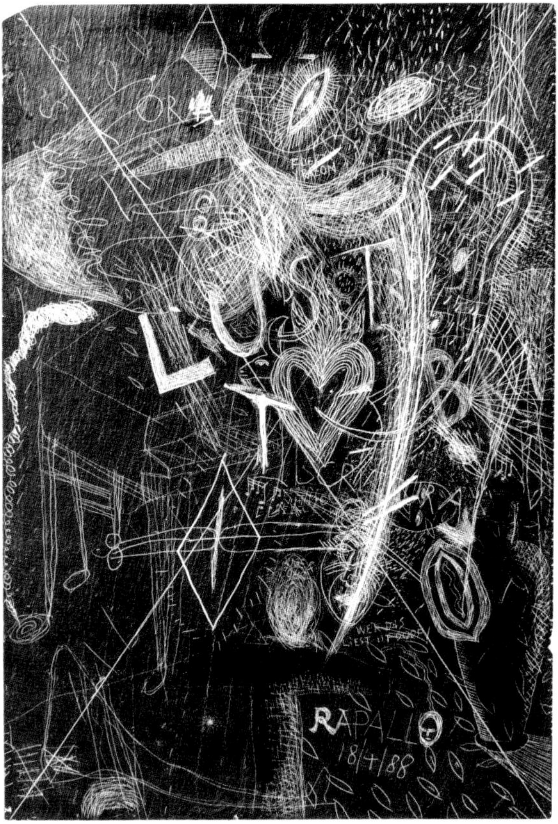
LUST
RAPALLO
18/4/88

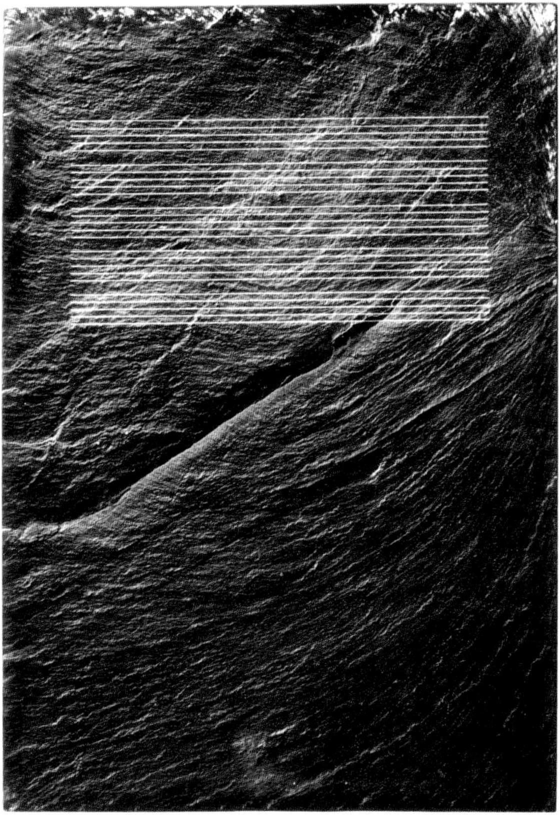

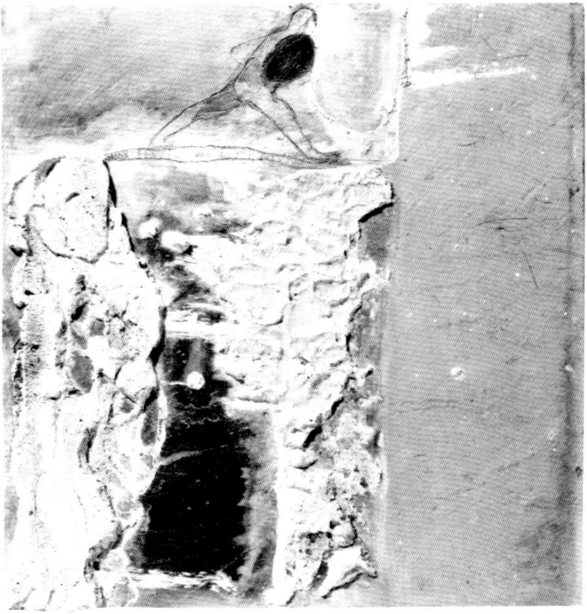

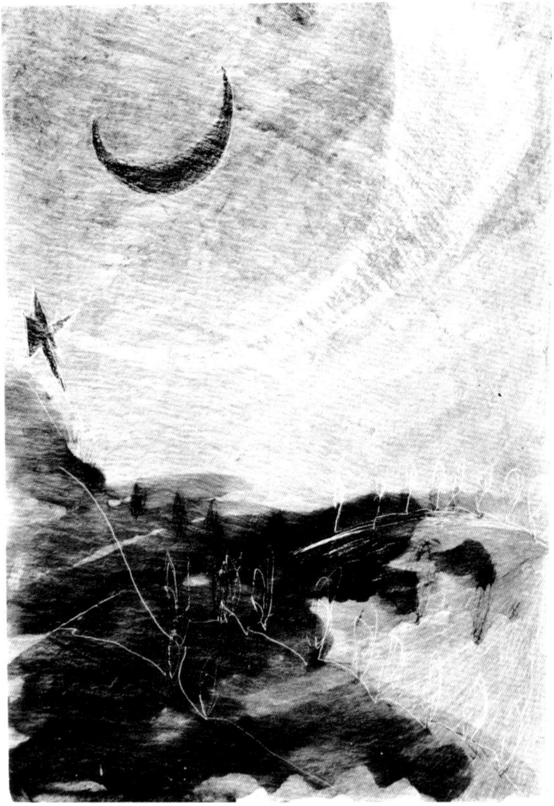

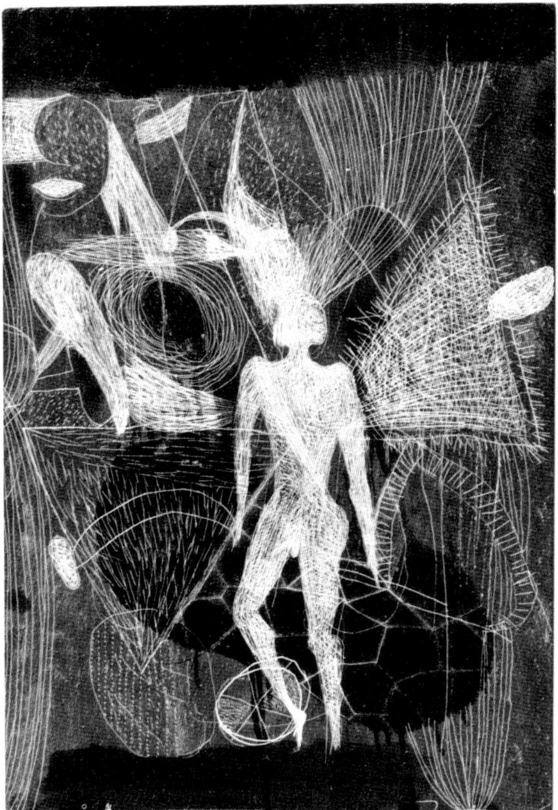

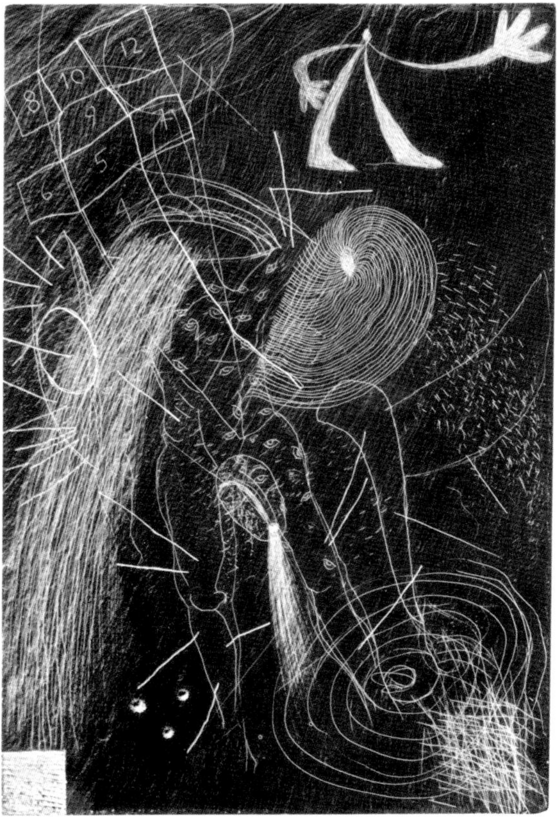

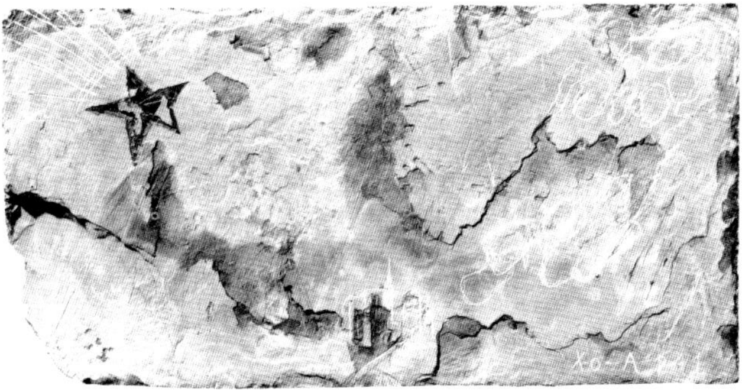

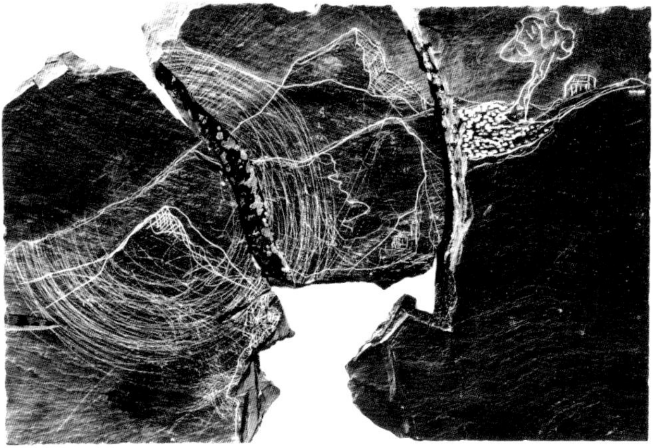

34

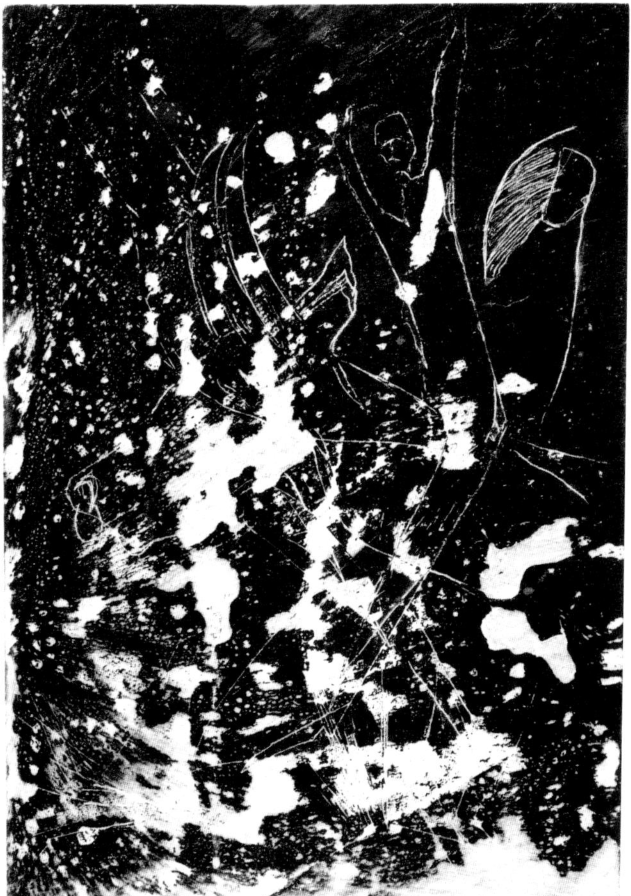

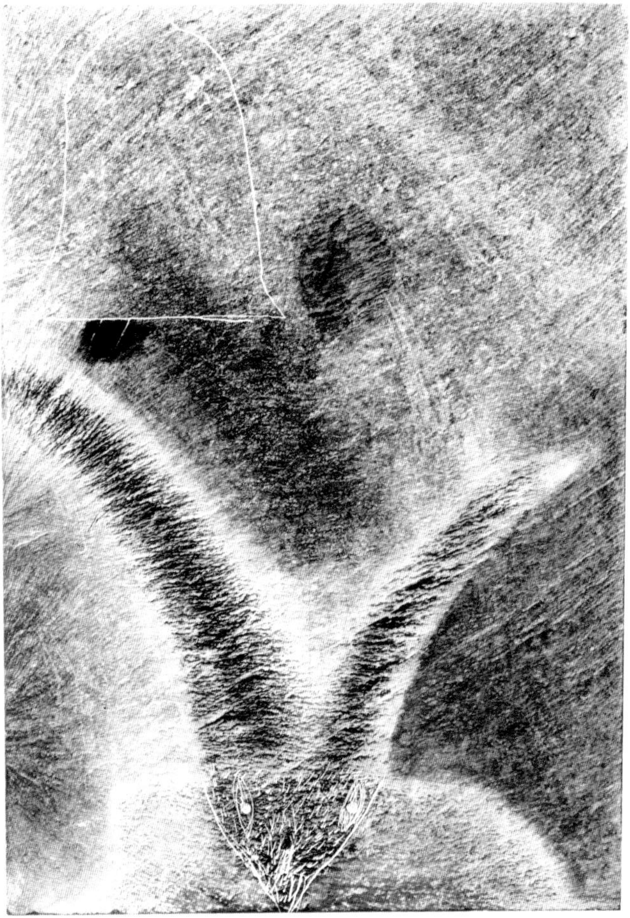

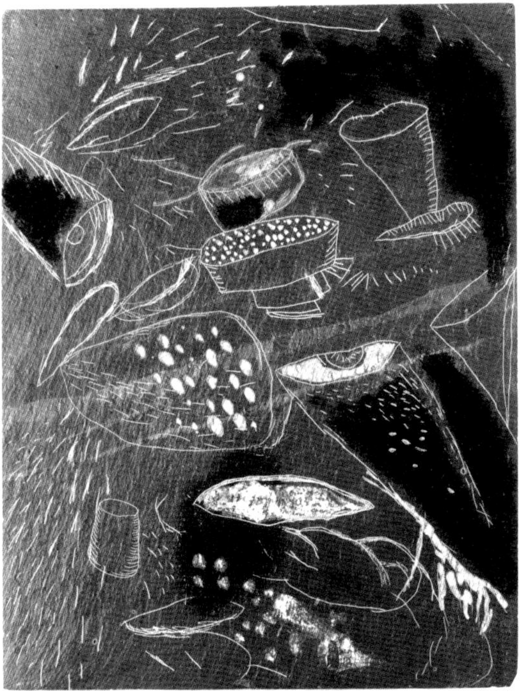

38

Diskussion einer Zusammenarbeit

Diskussion einer Zusammenarbeit in Rapallo
im September 1987.
Noch sind Material und Werkstoffe ungeklärt.
Erkundung Liguriens, der Küsten und Täler.
Entdeckung der Schieferbrüche und kleiner
Fabrikationsanlagen zur Weiterverarbeitung der
Schieferblöcke.
Kein Zufall: Portale, Treppen und Fenstersimse:
Schiefer.
Schiefer — das „Schwarze Gold Liguriens!".
Dem Schiefer nachreisen — an Orte seines
Vorkommens.
Kauf der ersten Schieferplatten.
Arbeit auf einem Material, welches älter als die
Menschheit, zirka hundert Millionen Jahre alt.
Sperrig, spröde, abweisend.
Dem Fels etwas abringen.
Den Schiefer zum Klingen bringen.
Ein Mann mit Radiergriffel gegen Felsen.
Viele Fragen.

Die Schiefertafel
Die Schiefertafel, das Griffelkästchen und
der Schwamm.
Erinnern früher Schreibübungen.
Faszination des Wegwischens (auf keinem anderen
Zeichengrund möglich).
Die Hand mit dem Griffel zeichnet ein A,
dies ist kein A! — dies ist eine Gurke!!
Schwamm drüber!!!

Erste Versuche
Erste Versuche mit Radiernadel, Feile, Messer,
Sandpapier, Januar 1988 in Polling.

Der Dachdeckermeister preist die „Thüringer
Spitzen". Die lagen 150 Jahre auf dem Dach und
sind fast unversehrt, tiefschwarz voll feiner
Adern.
Der Griffel gräbt sich in samtene Struktur.
Schuppender Fels in Parallelogramme
zerschnitten:
Moselschiefer beinhart und splittrig, silbrig-grau,
hell-grau, aschen-grau.
Zäher Dialog mit dem Material.

Auch sauerländischer Schiefer
Sauerländischer Schiefer (unter Plastikfolie) im
Baustoffhandel in Berlin, Februar 1988.
Dunkles Schimmern aus einer Kiste.
Bodenplatten mit deutlicher Struktur.
(Hier wird gewöhnlich anderes bevorzugt,
Staub und Fasern in Harz zusammengerührt):
Kaum daß jemand sich erinnert!
Schiefer, vielleicht dort hinten...
Modernes Gerät zerteilt die Stücke
ganz lapidar in die genormten Normen.
An der Maschine der Mann
weiß nicht, daß Millionen Jahre er zerstäubt.

Wie stark war der Druck,
der dies Gestein entstehen ließ...
Schiefer, schwarzes Licht in Stein,
Scheiben aus dem Berg.

Ritzen, Eingraben, Einkerben, Kratzen, Schaben,
das heißt Felsen verletzen.
Dank den Dachdeckern...

Thomas Hornemann
Bernd Zimmer

Verzeichnis der Abbildungen

1 Hornemann, ohne Titel, Radiernadel
2 Zimmer, Spiel der Sonne, Radiernadel
3 Zimmer, Schiefer gebrochen, mit Gips zusammengefügt
4 Zimmer, Knochen, Radiernadel
5 Hornemann, Thüringer Spitze, Radiernadel
6 Hornemann, Bumerang I, Radiernadel, Graphit
7 Hornemann, Bumerang II: sich mit der Hellsichtigkeit ausstatten, Radiernadel
8 Zimmer, Tiefflug von unten, Radiernadel, Graphit
9 Zimmer, Galaxis, Radiernadel, Graphit, Kreide
10 Hornemann, ohne Titel, Radiernadel, Graphit
11 Zimmer, Glas trifft, Radiernadel, Graphit, Kreide
12 Zimmer, In der Höhle, Radiernadel, Leinölfirnis, Pastell
13 Zimmer, Abflug, Radiernadel, Kreide
14 Hornemann, A & O, Radiernadel, Goldpulver
15 Hornemann, ohne Titel, Radiernadel
16 Zimmer, Wetteraufzug, Radiernadel, Leinölfirnis, Kreide
17 Zimmer, Der Lauscher, Radiernadel, Farbtropfen
18 Hornemann, Ceci n'est pas une pipe, Radiernadel
19 Hornemann, Rückseite, Radiernadel, Goldbronze, Spray, Blattgold
20 Zimmer, Grüner Drache, Radiernadel, Graphit, Aquarellfarbe
21 Zimmer, Das Tier, Radiernadel, Graphit, Wachskreide

22 Hornemann, Dematerialisation, Radiernadel, Goldbonze
23 Hornemann, Brunnen, Radiernadel, Asphaltlack, Blattgold
24 Zimmer, ohne Titel, Radiernadel, Graphit, Asphaltlack
25 Hornemann, Beil und Boot, Radiernadel, Leinölfirnis
26 Hornemann, Rapallo 18/4/88, Radiernadel, Graphit, Leinölfirnis
27 Hornemann, Lurelei, Radiernadel, Leinölfirnis, Pastell
28 Zimmer, Abgrund, Radiernadel, Graphit, Kalkputz, Korrosion
29 Zimmer, Sternschnuppe, Radiernadel, Graphit, Leinölfirnis, Korrosion
30 Hornemann, deutlich fremder Einfluß, Radiernadel, Leinölfirnis
31 Hornemann, Wusel, Radiernadel
32 Zimmer, Roter Stern über N.Y., Radiernadel, Korrosion
33 Zimmer, Broken Landscape, Radiernadel, Graphit, Leinölfirnis
34 Hornemann, Argos von Speeren durchbohrt, Radiernadel, Graphit
35 Zimmer, Reiter, Radiernadel, Leinölfirnis, Acrylfarbe
36 Hornemann, Lurelei 2, Radiernadel, Leinölfirnis, Korrosion
37 Hornemann, Bumerang III, Radiernadel, Schellack, Asche, Lebensmittelfarbe (Safran)
38 Zimmer, Vogel, Radiernadel, Sandpapier, Korrosion

Thomas Hornemann
Bernd Zimmer
„Lurelei/Der hinterlistige Fels"
Arbeiten auf Schiefer

Auflage: 600 Exemplare
Reproduktion und Druck:
Peter Decker Berlin
Herausgeber:
Rainer Verlag Berlin
und
Edition Pfefferle München
1988

ISBN 3-88537-105-7 (Rainer Verlag)
ISBN 3-925585-13-3 (Edition Pfefferle)